그림 설명

이 면에는 작가의 친필 서명이 인쇄되어 있습니다. 중앙에 흘려 쓴 글씨로 작가의 성명 "최의택"이 쓰여 있고 그 아래에 "당신이 궁금해하면 보일 것이다."라는 메시지가 적혀 있습니다. 메시지 아래에는 정자로 작가가 서명을 한 때인 "2024년 1월"이 표기되어 있습니다. 이 설명은 터널링 잉크를 식별하기 어려운 논터널링 독자를 위해 작성되었습니다.

논터널링

논터널링

최의택

위즈덤하우스

내가 소위 '논터널링'이라 불리는 존재가
된 것은 고대 인류가 했던 실험을 재현하는
과정에서 예기치 못하게 발생한 '초응축'
때문이었다.

　　그러나 그 이야기를 하려면 약간의 배경
설명이 필요한데, 나의 새로운 정체성인
'논터널링'에 대해 자세히 알지 못하거나,
아예 모르거나, 아마도 이것이 가장 안타까운
경우일 텐데 잘못 아는 사람이 너무나도
많기 때문에 그들의 이해를 조금이라도 돕기

위해서는 이런 번거로운 과정을 거칠 수밖에 없다.

우선 학술적 관습에 따라 용어의 정의부터 짚고 넘어가는 것이 좋겠다. 기본적으로 '논터널링'이란 터널링이 아닌 무언가를 의미한다. 그렇다면 터널링은 무엇인가. 터널링이라는 용어가 학술적으로나 쓰이기 때문에 일반 대중에게는 논터널링 못지않게 생소할 수 있는데, 사실 간단하다. 터널링은, 일반적으로 '사람'을 의미한다. 호모 누베스가 사람을 지칭하는 것과 정확히 같은 맥락이다. 결국 논터널링이란, 사람이 아닌 무엇이 된다. 그렇다면 논터널링이 된 나는 사람이 아닌 무언가가 되는가? 이처럼, 논터널링이란 용어는 아직 다듬어지지 않은 날것의 언어다. 심지어 터널링도 마찬가지다. 부끄러운 일이지만 논터널링이 되고 나서야

나는 이러한 생각을 가지게 되었다. 그리고
더 많은 사람들이, 그게 나 같은 논터널링이든
아니면 매우 높은 확률로 터널링일 당신이든,
함께 생각해보기를 바라는 마음으로
이 이야기를 한다.

　　접근법을 바꿔서, 내가 새로운 정체성을
획득하기 전의 이야기부터 하면 어떨까.
이전의 나는 비교적 평범한 삶을 살았다.
그나마 특이한 요소가 있다면 내 전공이
고전물리학이라는 것이다. 아마 대부분의
사람들에게는 고전물리학보다 이론
고고학이라는 이름이 더 익숙할 텐데, 사실
그 명칭은 소위 주류 과학계에서 나와 같은
부류(소위 '비주류')를 약간 낮잡아 부르던
것이 대중에게도 알려지면서 그대로 굳어진
것이다. 하지만 글쎄, 나는 그 이름이 썩
나쁘지만은 않은 게, 그 이름에는 뭐랄까,

어딘가 모르게 낭만이 있는 것 같다. 나의 반려자이며 마찬가지로 고전물리학을 전공한 도이가 들으면 또 한 소리 하겠지만 말이다. 이렇게.

"이더, 흰소리할 시간에 한 자라도 더 읽어."

하지만 이론 고고학자라는 말 자체가 그리 틀린 말도 아니다. 우리가 하는 일이 고고학자들이 하는 일과 그리 다르지 않기 때문이다. 우리는 고대의 사람들이 남긴 흔적을 통해 그 시절을 지배했던 과학을 해독하는 일을 한다. 그리고 그것을 토대로 지금 우리의 과학을 보완하는 데 이바지한다. 훌륭하고 낭만적인 일이 아닌가?

정확한 시점은 아직 규명 중이지만 편의상 그냥 '초기원'이라 부르는 때에 고대의 인류는 모종의 사고에 의해 이 행성에서 사라지고 말았다. 그리고 우리 같은 새로운 사람들이 살아가기 시작했다. 혹자는 고대의 인류는 멸종된 것이 아니며 단지 우리의 조상으로 진화한 것이라는 주장을 하기는 했지만, 그 직후 학회에서 영구 제명 되어 관련 연구를 할 수 없는 처지라 자신들의 주장을 뒷받침할 증거를 찾지 못하는 실정이다. 그러나 그들이 관련 연구를 했다손 치더라도 그 증거를 찾을 수는 없었을 거라는 게 학계의 공통된 견해다. 현재까지 알려진 고대의 인류와 우리의 사이에는, 자연의 압박만으로는 도저히 메울 수 없는 거대한 간극이 존재하기 때문이다.

결론부터 말하면 고대의 인류는 양자역학의 법칙을 따르지 않는 것으로 여겨진다. 믿을 수 있는가? 이해를 돕기 위해 미약한 실력으로나마 설명을 해보겠다.

어떤 가상의 세계가 있다. 그곳에 사는 생물 하나하나가 소위 고전물리학이라 불리는 역학에 의해 움직인다. 당연히 중력의 영향을 받는다. 그래서 그 세계의 생물체는 자신들이 사는 행성의 중력으로 인해 지표면에서 떨어지지를 못한다. 그렇다면 과연 그 생물이 행성에서 '산다'고 할 수 있을까? 갇혀 있다고 생각하는 게 타당하지 않을까?

물론 우리도 전자기적 인력으로 인해 거시적으로는 우리가 사는 세계에, 미시적으로는 우리가 구성하는 다양한 차원의 사회에 구름처럼 머물기는 한다. 하지만 어디까지나 머무는 것이다. 그것도 오비탈로서, 다시 말해 확률적으로. 우리는 우리의 의지에 따라 오비탈 에너지 준위를 변화시킴으로써 위상적으로 자유롭게 존재할 수 있다. 이것을 나는 유서 깊은 자연권으로부터 개념을 빌려 와 '이동권'이라는 말로 부르고 싶다. 우리는 우리에게 태어나면서부터 당연히 주어지는 보편적이고 선험적인 권리가 있다는 데 너무나도 익숙하다. 마찬가지로 우리는 우리가 위상적으로 자유롭게 존재할 수 있다는 것을 자연권처럼 당연하게 생각하는 경향이 있는데, 그와는 대조적으로 고대의 인류는 자신들이 '사는' 행성의 중력에 저항하기 위해 문명적인 노력을 쏟아부어 이동만을 목적으로 만든 특수한 탈것 등에 의존해야 했다(최근 나에게 발생한 변화로 인해 특히나 고대 인류의 이동에 관심을 가지게 되었다. 언젠가 고대 인류의 이동을 다루는 글을 쓸 계획이다). 우주로 나가는 일은 그러한 노력의 정점이었다. 그 결과 고작해야 사람 몇 명을 우주로 내보냈을 뿐이지만 말이다.

하지만 놀랍게도, 그렇게 우주로 나갔던 고대의 사람들은 다시 돌아왔다고 한다. 무사히. 그것이 단순히 누군가의 망상에서 비롯한 음모론 같은 게 아니라면, 실로 엄청난 일이 아닐 수 없다. 현시점에서 우리는 아직 이 행성의 에너지 장벽을 뛰어넘을 안전한 수단이 부재한 상황이다. 지금껏 용감한 도전자들에 의해 무수히 많은 시도가 있어왔지만, 그로 인한 비가역적 에너지 손실을 피할 수 있었던 자는 없었다. 즉, 장렬하게 산화하고 만 것이다. 따라서 고대 인류의 우주여행은 반드시 규명해야 할 대 사건이다. 그렇기에 우리 같은 조롱의 대상에게도 역할이 주어지는 것이고 말이다. 나와 도이 그리고 우리 팀에게 주어진 특명은 다음과 같았다. 고대의 인류와 그들의 과학을 이론적으로 복원하라. 설사 그것을 위해 고대 인류의 배설물을 분석해야 할지라도. 까라면 까야지.

　도이는 어떨지 몰라도 나는 이 일이 적성에 맞았다. 특히 얼마 전 학계를 떠들썩하게 만든 속칭 '투명 로제타석'의 발견으로 인해 지각변동급의 정보혁명이 일어난 이후, 나는 읽고 해석하고 이해하는 일로 행복한 비명을 지르기 바빴다. 고대의 인류는 정보를 기록하고 저장하는 데 강박적인 성향을 지녔던 걸까? 행성을 정보로 도배했다고 해도 지나치지 않을 만큼 온 세상이 정보로 들어차 있다. 연구의 효율을 높이기 위해서는 정보를 패턴에 따라 군집화해 그 비중이 큰 순서대로 분석할 필요가 있지만, 나는 그냥 무식하게 읽어나가는 방식도 나쁘지 않았다. 짧은 글과 함께 엮은 고대 동물의 그림을 발견하는

것도, 누군가의 한숨 섞인 푸념도, 허무맹랑한 가상의 이야기 모음, 즉 고대의 소설도, 학술적인 가치는 미미한 그것들을 발견하고 잠시 시공간이 멈춘 듯 다른 세상을 그려보는 일이 나는 좋았다.

그렇다고 연구비를 들여 허튼짓만 한 것은 아니었다. 하고 싶어도 도이가 허락하지 않았다. 나와 도이 등 우리 팀은 고대의 인류가 양자역학에 대해 알고 있었다는 주장을 뒷받침할 증거를 발견해냈다. 그들의 역학적 특성을 고려할 때 그것은 매우 놀라운 일이었다. 고대의 인류가 남긴 고대 소설 하나를 예시로써 설명하면 이해에 도움이 될 것 같다. 《플랫랜드》라는 제목의 소설인데, 2차원 생물체가 사는 세상에 어느 날 갑자기 3차원 생물체가 나타나 벌어지는 일을 다룬 이야기다. 소설의 주요 아이디어는 다음과 같다. 2차원의 원은 3차원의 구를 인식하는 데 한계가 있기 때문에 처음에는 3차원 구를 마치 신적인 존재나 외계의 존재로 여긴다. 중력의 영향을 받으며 살아가는 고대의 인류 또한 양자역학을 유사한 관점으로 볼 수밖에 없었을진대, 그럼에도 그들은 상당한 이해를 달성한 듯하니 어찌 놀라지 않을 수 있겠는가. 과연 우주로 나갔다 무사 귀환 한 종족답달까.

우리는 그들의 양자역학에 대한 이해를 이해하기 위해 그들이 했던 연구나 실험을 재현해보기로 했다. 고대 인류의 양자역학적 실험으로는 슈뢰딩거라는 인물이 수행한 실험이 가장 유명했다. 우리는 그의 실험 과정을 역설계해보았고 문제에 봉착했다. 실험이 너무나도 비윤리적이었던 것이다. 그에 대해 설명하고 싶지만 혹여 악용될 우려가 있어 설명을 생략하는 것을 양해 바란다. 다만, 고대 인류의 폭력성이야 제법 잘 알려져 있기 때문에 설명을 하지 않는다고 해서 문제가 될 것 같지는 않다.

아무튼, 그런 연유로 우리는 그나마 덜 비윤리적인 케이스를 찾기 위해 적지 않은 시간을 들였다. 그 과정에서 연구를 이끌던 수로 박사가 결국 타계했지만 도이가 그 뒤를 이어 연구를 계속했다. 그리고 마침내 발견한 것이 바로 보스-아인슈타인 응축이었다. 그렇다, 그 유명한 '초응축' 사고의 시발점이 된 그것이다.

보스-아인슈타인이라는 긴 이름을 가진 사람(나는 그것이 두 사람의 이름을 나열한 거라 생각하지만 다른 사람들은 별로 관심이 없었는데, 사실 중요한 것은 아니다)이 수행한 것으로 보이는 실험의 골자는 다음과 같다. 고대 인류가 루비듐이라 명명한 물질을

극저온으로 냉각해 양자유체로 만드는데, 이
양자유체 상태의 루비듐이 마치 우리처럼
동작하는 것으로 기록에는 나와 있다. 고대의
인류는 그렇게 만든 루비듐 양자유체를
이용해 블랙홀을 유발했다. 과연 고대
인류다운 발상이 아닌가. 다만, 그들이
인공적으로 생성한 블랙홀이 우리가 알고
있는 블랙홀은 아닐 것이다. 만약 그들이
진짜 블랙홀을 만들었다면 단지 인류의
멸종에서 끝나지 않고 지금 우리가 살고
있는 행성이 소멸해버렸을 테니까 말이다.
그들은 폭력적일지언정 현명했고, 진짜 대신
기능이 유사한 모델을 만들어냈을 뿐이었다.
이름하여 미니 블랙홀을.

물론 그것만으로도 흥미롭지만
당장 우리가 관심을 가졌던 건 루비듐
양자유체였다. 우리는 우선 고대 인류가

루비듐이라 칭한 물질을 찾기 위해 또다시 정보의 홍수 속에서 허우적거려야 했다. 이 과정에서 또 한 명의 노박사가 유명을 달리했는데, 애석한 일이지만 사후에 밝혀진 모종의 사건에 의해 그의 이름을 언급하기가 적절치 않게 되었다.

도이와 나 또한 세월의 무게를 더는 무시할 수 없게 될 즈음, 우리는 루비듐이 다름 아닌 시계를 만드는 데 쓰이는 물질이라는 사실을 깨닫고 적잖이 당황했다. 고대 인류가 '원자 시계'라 부르는 것이 우리가 흔히 사용하고 있는 시계와 다름없다는 사실을 그 누가 상상이나 했겠는가? 우리는 고대 인류의 양자역학에 대한 이해에 다소 충격을 받은 채로 다음 작업에 착수했다.

바로 루비듐이라는 것을 냉각하는 건데,

이게 여간 어려운 일이 아니었다. 우리가 자연 상태에서 움직이는 방식을 흉내 내기 위해 루비듐을 절대온도라 부르는 정도까지 냉각해야 했다. 이를 위해 매우 특수한 설비를 갖춰야 했고, 당연한 말이지만 큰 비용이 들었다. 이렇게까지 해야 하는지에 대한 회의가 없진 않았지만, 앎에 대한 욕구는 무섭기 그지없어서 우리는 결국 실험을 강행했다. 우리는 이 실험을 통해 우리가 우리에 대해 알고 있는 지식의 이면을 보게 될 수 있으리라 기대했는데, 물론 실험의 비용을 대는 위에서는 우주에 대한 관심이 더 컸다.

만반의 준비를 갖추고 드디어 첫 번째 실험이 진행되었다. 실제 실험은 실험물리학자들의 몫이었고 나와 도이는 참관 정도를 허락받았다. 나는 개인적인 호기심으로 들떠 있는 상태였다. 참관석으로

가는 길에 내가 도이에게 말했다.

"시계공이 그야말로 신격화되는
순간이군."

고백건대, 나는 평소 논리적 비약이 심해
의사소통에 문제를 겪고는 한다. 하지만
도이만큼은 달랐다. 가끔은 내 생각을 읽는 게
아닐까 싶을 만큼 내가 하고자 하는 말을 기가
막히게 알아들었다. 역시나 내 말을 이해한
도이가 차단막 너머의 루비듐이 든 체임버를
보면서 차분하게 말했다.

"단순한 원자일 뿐이야. 그리고 난 솔직히
기대 안 해."

어쩐지 그렇게 말하는 도이에게서
미약한 떨림이 느껴져서 나는 도이를 유심히
감각했다. 건강한 사람에게서 느낄 수 있는
예측 가능한 수준의 규칙적인 박동을 더는
도이에게서 느낄 수 없었다. 나는 그제야

우리가 이론 고고학자로서 나아온 시간을 무겁게 가늠해보게 되었다. 도이는, 이제 노쇠했다. 나라고 다르진 않았고, 그것이 우리가 알고 있던 자연의 섭리였다. 그때의 나는 다만 가볍게 한숨지었을 뿐이다. 그리고 사고가 났다.

초기원 418년 6월 6일에 발생한, '초응축'이라 알려질 사고였다.

내가 다시 깨어난 건 '초응축'이 발생한 지 7일 만인 13일 오전 11시 10분쯤이었다.

나를 구성하는 양자 하나하나가 얼어붙는 듯했는데, 쉽게 말해 얼어 죽을 것 같았다. 낯설지만은 않은 감각임에도 더없이 불쾌했다. 나도 모르게 신음하자 그

고통스러운 차가움이 내 몸을 찢어발기는 듯했다. 결국 나는 소리를 지르고 말았다. 그 순간 내 옆의 무언가가 움찔하고는 나로부터 떨어져 나갔다. 정확히 어떤 상황인지는 모르겠지만 그런 느낌이었다. 그리고 그제야 그 얼어붙는 고통이 어느 정도 사그라들었다.

나는 내가 존재하는 장소를 느껴보려 했다. 아무것도 느껴지지 않았다. 아니, 정확히 말하면 내가 태어나 여태까지 살면서 무의식적으로 느껴온 에너지가 더는 느껴지지 않았다고 해야 할 것이다. 완전한 무였다. 우주에 떨어지면 그런 느낌이 아닐까? 내가 느껴야 할 감각 대신 느껴지는 것은 극심한 추위, 그리고 시각적으로 보이는 작고 새하얀 공간, 내가 누워 있는 침상의 물성, 마지막으로 왠지 나를 향해 있는 듯한 무언가…… 날 몸속에서부터 헤집던 것이 틀림없다고 생각한 나는 그것을 향해 조심스럽게 말했다.

"뭐지……요?"

그것은 있는 듯 없는 듯한 기묘한 상태로 별다른 움직임이 느껴지지 않았는데, 왠지 놀란 것 같은 기색이라 나야말로 놀라고 말았다. 대체 저 익숙하면서도 낯선 것의 정체는 무엇이며, 이곳은 어디인가? 무엇보다 나는 왜 여기에 이런 상태로 누워 있는가? 갑갑했다. 견딜 수 없을 만큼. 이런 기분 처음이 아니지 싶었다. 그리고 그런 생각이 들자 뒤늦게 뭔가가 떠올랐다. 머릿속을 안개처럼 떠다니는 그것을 어떻게든 낚아채보려 안간힘을 쓰던 그때였다. 아까부터 가만히 날 향해 있는 듯하던 무언가가 안개처럼 일렁이며 말했다.

"이더."

내 이름인 것 같았다. 역시나 느낌에 지나지 않았다. 나는 다시 한번 조심스레 물었다.

"누구십니까?"

그가 한숨 같은 것을 내쉬더니 또 한 번 내 이름 같은 것을 불렀다. 그새 익숙해진 목소리는 조금이지만 더 또렷이 들렸다. 아니면 그냥 그렇게 느꼈던 것일 수도 있다.

"이더, 나 모르겠어?"

뭐가 느껴져야 알아채든 말든 할 것 아니겠냐는 생각을 하던 나는 뒤늦게 목소리의 주파수를 떠올렸다.

"……도이?"

"그래!"

"하지만……."

나는 정신을 집중하고 도이를 찾기 위해 애썼지만 소용없었다. 기껏해야 반투명한

혹은 흐릿한 뭔가가 보일 뿐이었다. 고대 인류의 흔적을 읽느라 웬만한 사람들보다 발달된 시각도 무용지물이라는 생각에 무력감을 떨치기가 어려웠다.

"대체 이게 무슨…… 네가 느껴지지 않아. 내가…… 잘못된 건가? 도이, 여기 어디야? 나한테 무슨 일이 생긴 거야?"

도이는 망설이는 건지 침묵을 지키다가 한참 만에야 말했다. 이곳은 병원이고, 나한테 사고가 있었다고. 그것도 벌써 일주일이 돼가는 일이라고……. 우리가 발견하고 설계한 보스-아인슈타인 응축 실험에서 예기치 못한 초응축이 발생했다고. 그때 도이도 사고에 휘말렸던 터라 훗날 규명된 사고 경위에 비하면 매우 두서없고 이해하기 어려운 설명이 이어졌다. 결국 나는 도이의 말을 끊고 느껴지지도 않는 그를 진정시켜야 했다.

"도이, 너는 괜찮아?"

"괜찮아. 좀 놀랐을 뿐이야."

하지만 우리 나이에는 놀라는 것만큼 위험한 것도 없는 게 사실이다. 내가 감각할 수 있는 수준에서도 도이는 가뜩이나 미약한 박동이 거의 꺼져가는 듯했지만 구태여 알은체하지는 않고, 나는 그저 고개를 떨구었다. 몸이 무거웠다. 졸음이 밀려오는 느낌이었다. 나는 다시 잠이 들었다.

그 후 나는 사고를 당한 피해자로서 사건에 대한 진술을 하는 한편, 몸에 결함이 생겨 치료를 받아야 하는 환자로서 병원에 머물러야 했다. 이미 간단한 처치를 받고 내가 깨어나기만을 기다렸던 도이가 보호자를 자처하며 나를 이곳에서 저곳으로, 이 사람에게서 저 사람에게로 데리고 다니는 수고를 아끼지 않았다. 말로는 여느 환자의 생활과 그리 다르지 않게 느껴지겠지만, 사실 평범하다 할 수 있는 저 생활을 하기까지 우여곡절이 많았다. 그중 대표적인 일화를 소개하자면 내가 정신을 차리고 얼마 지나지 않아서 맞닥뜨린 장벽과 관련한 이야기가 있다.

주치의와의 첫 번째 면담이 잡혀 있는 날이었다. 보통 입원을 한 환자에게 의사가 회진을 오는 것이 일반적이지만 도이가 내게 한 말은 다소 뜻밖이었다.

"진료실로 가야 돼."

나는 느껴지지 않는 사람을 향해 말하는 것에 대한 어색함도 잊고 반사적으로 농을 던졌다.

"의사가 먼저 치료를 받아야 하나?"

평소 같으면 내가 한 말의 오류를

바로잡았을 도이는 아무 말도 하지 않았다. 느껴지기는커녕 보이지도 않으니 도이의 의중을 읽을 수가 없어 갑갑했다. 나는 다시 말했다.

"진짜야?"

"아니."

그게 다였다. 모르긴 몰라도 더 까불면 안 되겠다는 직감이 들었다. 나는 묵직한 몸뚱이를 옮기기 위해 힘썼다. 쉽지 않았다. 좀 부끄러운 마음에 그새를 못 참고 또 실없는 소리를 하고 말았다.

"죽을 때가 됐나, 몸이 너무 무겁네."

도이가 울음을 터뜨리더니 그대로 완전히 자취를 감춰버렸다. 도이가 이곳에서 나갔다는 것을 알면서도 혹시나 해서 도이를 소리 내어 불러보던 나는 도로 침상에 털썩 몸을 뉘었다. 정말 무거웠다. 나는 중얼거렸다.

"정말 죽는 건가."

그럴 때가 멀지 않기는 했다. 하지만 그렇다고 허망한 마음이 드는 것을 피할 수는 없었다. 나도 사람이었다.

얼마나 그렇게 있었을까. 어디선가 소리가 들리기 시작했다. 그때쯤 나는 벌써 보는 방식에 완전히 익숙해진 상태여서 소리가 나는 쪽 벽을 봤다. 그제야 저에너지 장벽이 보이지 않는다는 것을 깨달았는데, 당연한 말이지만 느껴지지도 않았다. 억지로 몸을 일으킨 나는 멍하니 방의 이곳저곳을 둘러보았다. 없었다. 방 어디에도 저에너지 장벽은 보이지 않았다. 우리가 흔히 '문'이라고 일컫는 것 말이다. 사람은 너무 당연한 것에 대해서는 놀라우리만치 무지한 경향이 있어 설명을 덧붙이는 것을 너른 마음으로 양해 바란다. 본디 문이란, 다시

말해 저에너지 장벽이란, 우리의 확률적
존재, 엄밀하게는 오비탈 상태를 간섭하지
않아 우리가 의지에 따라 넘나들 수 있게
고안된 특수한 장벽을 일컫는 용언데, 굳이
비유를 하자면 사람을 호모 누베스 또는
터널링이라 칭하는 것과 같은 맥락이다.
아무튼, 이런 저에너지 장벽, 그러니까 속칭
문이 내가 깨어난 방에는 없었던 것이다. 그
당시 내가 느꼈을 충격과 공포가 전달되는지?
유감이지만 사실 그렇게 충격적이고
공포스럽지는 않았다. 내가 원체 무던한
편이라서 더 그랬겠지만 그냥 이성적으로
따져보아도 그리 놀라거나 두려울 만한
일은 아니었다. 아닌 게 아니라 애당초 내가
이곳에 들어와 있다는 건 그럴 수 있는 채널이
존재한다는 의미이기 때문이다. 그리고
방금까지도 도이가 드나들지 않았나. 이런

나의 논리적인 추론은 또 다른 깨달음으로 이어졌다. 도이도, 느껴지지 않는 것은 당연하고, 보이지 않았다. 그럼에도 존재했다. 문도 그런 것이 아닐까? 엄연히 존재하고 있으나 나에게만 모종의 이유로 느껴지지도, 보이지도 않는 건 아닐까?

그때, 쿵 하는 소리와 함께 방 한구석에 네모난 구멍이 생겼다. 나는 고대 소설 《플랫랜드》를 떠올리며 나도 모르게 중얼거렸다.

"내가 고대인이 돼버렸군."

벽면에 난 네모난 구멍으로 바퀴 달린 수레가 저 혼자 굴러 들어와 내 앞에 섰다. 생긴 것은 약간 달랐지만 저런 비슷한 물건을 나도 사용해본 적이 있었다. 보통은 고대 인류의 배설물 따위를 운반하기 위해 사용하는 그것 뒤에서, 사람의 희미한

목소리가 들렸다.

"나야, 므나. 나 보여?"

나는 역시나 감으로 때려잡고 반응했다.

"므나?"

그 순간 기이한 일이 벌어졌다. 바퀴 달린 수레 뒤로 웬 방호복 차림의 사람 하나가 모습을 드러냈기 때문이다. 좀 더 엄밀하게 묘사하자면 그제야 내 시야의 초점이 맞춰졌다고 해야 할 것이다. 아니면 므나의 상이 뒤늦게 맺혔다고 하거나. 아무튼지 간에 놀라 까무러칠 일이었지만 나는 그저 방호복 안으로 보이는 얼굴을 보고 "므나!" 소리칠 뿐이었다. 므나라면 물리학자를 꿈꾸다가 느닷없이 병원에서 입자를 측정하는 일을 하겠다는 선언으로 모두를 놀라게 한 친구였다. 그 친구가 나를 한 번 쓱 보고는 말했다.

"둔한 건 여전하구나. 뭐, 지금 같은 상황에선 차라리 그편이 나을지도. 어서 이거나 타. 늦었어."

도이 때와 마찬가지로 오래된 친구의 목소리도 금세 익숙해졌다. 그의 우스꽝스러운 모습도 더 선명해져서 기분이 좀 나아진 건 덤이었다.

"뭐가 늦어?"

"설명은 가서. 타."

나는 므나의 부축을 받아 수레 위로 옮겨 앉았다. 므나가 수레를 밀고 네모난 구멍을 통과해 나가자 내게도 익숙한 복도가 펼쳐졌다. 그러나 나와 므나 이외의 다른 사람을 단 한 명도 볼 수 없었다. 소리로 미루어보면 분명히 적지 않은 사람들이 있는 것 같았다. 하지만 보이지 않았다. 마치 뿌연 안개 속을 가로지르는 듯한 기분으로 내가 중얼거렸다.

"안개 인간의 세상에 떨어진 것 같은데."

뒤에서 므나가 말했다.

"정확하지는 않지만 옳은 방향이야."

우리는 지하에 있는 어느 진료실로 갔다.
내 기억이 맞는다면 그곳은 중환자실과
연결된 집중처치실이었다. 므나가 나를
뜨겁고 숨 막히는 방으로 데려갔다. 처음에는
그것이 반가웠다. 깨어난 이후 줄곧 얼어붙는
추위에 시달리고 있었기 때문이었다. 하지만
반가운 마음은 오래가지 않았다. 곧 쪄지는
듯한 감각이 내 전신을 사로잡는 바람에 나는
제정신을 유지하기가 어려웠다. 이중고가
따로 없었다.

나는 본능적으로 도이를 찾아 주변을
둘러봤지만, 찜통 같은 방 안에는 나와
므나뿐이었다. 므나가 날 따라 옆을 보더니

다소 힘겨운 모습으로 말했다.

"시간 없으니까 본론만 말할게."

"나…… 죽는 거야?"

"그런 거 아냐. 뭐, 우리 모두 그럴 때긴
하지. 내 말은, 우리가 이렇게 마주하고
대화할 수 있는 시간이 많지가 않다고.
본론부터 말하면, 너는 그날 사고로 빼앗긴
에너지 때문에 더는 터널링을 하지 못해. 아까
병실 구멍을 통해 나와야 했던 이유야. 솔직히
말하면 살아 있는 것 자체가 기적이야. 이봐,
듣고 있어?"

다시 한번 터널링이란 무엇인가. 우선은
앞서 말했다시피 사람을 지칭하는 학술
용어의 하나이다. 하지만 엄밀히는 사람의
기본적 특성, 예컨대 저에너지 장벽을 통과할
수 있는 능력 따위를 일컫는 말이었던
것이 시간이 지나 그대로 사람이라는

뜻의 일반명사처럼 굳어진 것이다. 그만큼 사람이라면 당연히 할 수 있다고 여겨지는 터널링을 나는 하지 못한다는 말이었다. 나는 힘겹게 고개를 끄덕였다. 그러고 보니까 이런 상황을 전에도 겪지 않았나 싶어 안간힘을 쓰던 나는 어렴풋이 떠오르는 인물에 놀라 말했다.

"너 지금 입고 있는 거…… 설마……."

"맞아. 터널링을 방지하는 오비탈 방호복. 너도 언젠가 입어본 적 있지? 논터널링 세미나 참관 때."

논터널링…… 지그……. 오래된 기억을 더듬던 나는 말했다.

"그럼 내가 논터널링이 됐다는…… 어떻게 그런 일이……."

"그걸 알아내기 위해 최선을 다하고 있어. 추측건대, 네 고질적인 에너지 약소증이 관계가 있는 건 아닌가 싶어. 이건 그냥 널 잘 아는 친구로서의 추측일 뿐이야. 주치의로서 할 수 있는 말은, 안타깝지만 지금으로선 네 증상이 전형적인 논터널링의 증상이라는 것과…… 심각한 에너지 손실 상태라는 것 정도야. 전보다도 극심한."

"극심하다면, 어느 정도……."

"지금 당장 에너지 주입 처치를 하지 않으면 생명을 장담할 수 없을 정도."

나는 멍하니 고개를 떨구고는 시야로 들어온 두 손을 이리저리 살펴봤다. 터널링을 못 한다고? 논터널링처럼? 아니, 그때 나는 이미 논터널링이었다. 므나의 도움으로 에너지 주입용 기계에 몸을 욱여넣었다. 처치가 매우 고통스러울 거라는 므나의 말을 흘려들으며 내가 만났던 논터널링, 지그를 떠올렸다. 처치가 시작되었다. 5분을 채

버티지 못하고 기절했다.

　지그를 처음 만난 건 내가 한창 진로
문제로 방황하던 때였다. 사실 그때도
나는 고전물리학에 관심이 있었다.
하지만 학문적인 열정이라기보단 단순히
익숙함 때문이었다. 나는 아주 어렸을
때부터 괴팍한 할아버지의 손에 자라면서
자연스럽게 예스러운 것에 익숙해져
있었는데, 그중에서도 내가 특히 좋아했던
것은 옛날이야기였다. 할아버지는 오래된
라디오처럼 중얼중얼 이야기하기를 좀처럼
멈추지 않는 사람이었다. 문학 수업을 듣던
나는 할아버지가 했던 얘기들이 모두 고대의
소설이라는 것을 알게 되었다. 내용에 약간의

차이가 있기는 했지만 틀림없었다. 그 뒤로 나는 괜히 고대에 대한 거라면 아무 까닭도 없이 익숙함과 편안함을 느꼈다. 그래서 자연스럽게 고대의 과학에도 관심을 가지게 되었던 것이다.

하지만 도이를 알게 되면서 나는 나의 열의 없음에 내심 부끄러움을 느꼈다. 도이는 고대의 과학을 신봉했다. 도이의 자세를 보고 그렇게 생각하지 않는다는 것은 불가능하지 싶을 정도였다. 그런 도이의 곁에서 나의 태도는 그저 게으름일 뿐이었다. 내 자신이 한심하게 느껴지기도 했다. 나도 도이처럼 내 에너지를 쏟아부을 만한 것이 없을까 고민하면서 시간을 보내는 것이 주요 일과가 되었다. 그러다 지그를 만났다.

논터널링이라는 생소한 존재들이 언론을 통해 알려지면서 온 세상이 떠들썩하고

얼마 지나지 않아서였다. 사실 논터널링이
그때 알려졌다고 하기엔 무리가 있는 게,
그들은 언제나 우리와 함께 살아왔다. 단지
시설이라는 유리된 곳에 가려져 보이지
않았을 뿐. 그러던 중 일명 '409 복지시설
참사'를 통해 많은 사람들이 그동안 아무런
접점도 없던 존재들에 대해 알게 되었다. 물론
사건의 명칭이 대변하듯 그 참사의 주체는
논터널링이 아니라 시설이었지만 말이다.
사람들은 시설에서 희생당한 논터널링에게
짧은 애도를 표하곤 시설과 관리자를 향해
길고도 긴 분노를 쏟아내며 본의 아니게
논터널링을 또 다른 방식으로 유리시켰다.
나라고 다르진 않았다. 시설의 불합리에
미지근한 분노를 느끼며 기껏해야 도이와 좀
더 가까워졌을 뿐이었다. 그렇게 다시 나의
안온한 일상으로 돌아가 진로를 고민하던 중

우연히 발견한 교내 현수막에 쓰인 세미나 홍보 문구 속 '논터널링'이라는 단어에 '저게 뭐지?' 하는 생각부터 했다. 나는 부끄러운 마음을 안고 현수막을 건 단체를 찾아가 내 이름을 서명했다.

얼마 뒤 나와 같은 자원자들이 한데 뭉쳐 찾아간 곳은 도시 외곽에 버려져 있던 고대 유적을 재활용한 복지시설이었다. 언론을 통해 알고는 있었지만, 실제로 그런 곳에 누군가 살고 있다는 사실이 내심 충격적으로 다가와서 자원자들 사이에 어색한 침묵이 흘렀다. 그러면서도 누구 하나 그것을 드러내지 않으려고 애쓰는 모습은 일종의 희극처럼 느껴질 정도였다. 우리는 우스꽝스럽게 태연함을 가장한 채 그곳 관리자에게 논터널링에 대한 설명을 듣고 오비탈 방호복이라고 하는 것을 착용했다.

이것을 입어본 사람이 그리 많지는 않겠지만 경험자라면 이 글을 읽는 것만으로도 숨이 턱 막힐 것이다. 사람의 존재 자체를 한 점으로 응축시키는 듯한 그 느낌은 마치 두꺼운 콘크리트 감옥에 갇히는 것 같았는데, 감옥은 그 안에서 움직일 수라도 있지, 몸에 딱 맞는 감옥에 갇히게 된 것 같은 느낌을 도저히 견디기가 어려웠다. 실제로 많은 사람이 오비탈 방호복을 입다 포기했고 개중에는 방호복을 입은 채 기절해 그대로 병원으로 이송되는 사람도 있었다. 나도 무척 힘들기는 했다. 하지만 타고나기를 감각이 둔한 편이라 그런지 그럭저럭 참을 만했다.

관리자가 알려준 대로 방호복 속 신체를 독립적으로 움직이며 어기적어기적 시설로 들어갔다. 이 복잡하기 이루 말할 수 없는 '걷기'가 논터널링의 기본적인 이동 방법이라는 사실에 왠지 경이감이 들었다(재밌게도, 논터널링이 되고 나니 마치 유령처럼 벽을 통과하고 다니는 터널링을 볼 때마다 으스스해져 웃음 짓곤 한다). 시설은 짓다 만 것처럼 여기저기에 구멍이 나 있었는데 오비탈 방호복을 입은 채로는 그런 구멍을 통해 장벽을 넘나들어야 했다. 그러지 않으면 장벽 너머에서 존재할 확률이 0에 수렴하기 때문이었다. 다시 말해 장벽을 넘을 수 없었다. 그렇게 고전적인 방식으로 시설 안으로 들어가보니 안쪽에 몰려 있는 오비탈 방호복 차림의 사람들이 보였다. 그리고 그들에게 둘러싸인 채, 누군가가 시키는 대로 저에너지 장벽에 몸을 부딪히고 있는 사람을 볼 수 있었다. 그에게 지시를 내리던 사람이 내가 자리에 앉기를 기다린 다음 말했다.

"보시는 것처럼 선천성 에너지

극저준위증 환자, 소위 논터널링은 최소한의
에너지 장벽조차 넘을 수 없는 탓에 일반적인
건축물의 출입구를 통과할 수가 없습니다."

　나는 좀 신기한 마음이 들어 나도 모르게
탄성을 질렀다가 사람들의 눈총을 받았다.
분명 적절하지 못한 행동이었다. 설명을 하던
이가 차가운 눈빛으로 나를 보며 말을 이었다.

　"조심성 없는 사람들이 보기에는, 예,
놀라운 일이 아닐 수 없습니다. 하지만 그
당사자인 논터널링들은 그러한 증상으로 인해
일상적인 생활이 어려운 것을 넘어 하루하루
연명하는 것이 고작인 삶을 살고 있죠. 또한,
논터널링은 기본적으로 에너지 준위가
극도로 낮은 상태이기 때문에 평균 수명의
10퍼센트를 살기가 어려우며……."

　설명은 끝없이 이어졌다. 신체 맞춤형
감옥을 입고 듣기에는 너무 길지 싶었다.

결국 나는 슬그머니 탈출을 시도했으나 이미 호되게 찍혔던 터라 뒷덜미가 잡히고 말았다. 설명으로 죄수들을 갈구던 사람이 나한테 말했다.

"거기, 이름이 뭡니까?"

"이더……입니다."

"그래요, 이더, 논터널링에 대해 궁금한 것이 있으면 물어볼 기회를 주죠."

나는 그의 뒤로 보이는 논터널링을 보며 물었다.

"저 친구는 이름이 뭐죠?"

❖

"지그."

쫓겨나듯 시설 밖으로 나와 급한 대로 헬멧부터 벗고 한숨 돌리던 나는 목소리가 들려온 쪽을 향한 채 "어……" 했다.
우리에게는 문이지만 그에게는 그저 장벽에
불과할 뿐인 것에 끊임없이 몸을 부딪히던
논터널링이었다. 그가 손으로 자신을
가리켰다.

"지그. 내 이름이요."

"아. 저는 이더예요."

"들어서 알아요. 근데 그거 다시 쓰면 안
돼요? 머리 없는 사람이랑 대화하는 게 좀
그래서요."

나는 그 말을 뒤늦게 이해하고 허둥지둥
헬멧을 도로 썼다. 다시 숨이 턱 막혔지만
지그가 내 얼굴을 뚫어져라 쳐다보는 통에
불편한 내색을 하기가 뭣했다.

"하는 행동이랑은 다르게 생겼네요."

"종종 들어요."

지그가 높은 소리로 웃었는데 듣기 나쁜

소리는 아니었다. 지그는 시설 쪽을 보고는
말했다.

"좋은 곳이에요."

나는 그것을 부정적인 의미로 이해하고는
동의했다.

"그러게요. 참 좋은 곳이에요."

내 말을 듣고 지그는 "에?" 했다.

"정말 좋은 곳이라고요. 에너지 주지,
잠잘 곳 주지, 뭐 오늘처럼 사람들 앞에서
벽에 부딪히는 건 좀 싫지만, 아무튼 좋은
곳이에요."

나는 "아, 네⋯⋯" 했다.

"이더는 더 좋은 사람이에요."

"제가요?"

"내 이름 물어봐줘서 고마워요. 갈게요."

시설을 향해 두 발로 뛰어가던 지그가 날
돌아보더니 새된 목소리로 외쳤다.

"언젠가 이더처럼 더 좋은 곳을 만들 거예요! 내 힘으로 직접! 이더도 초대할게요!"

나는 그 말을 그저 인사 정도로 여겼을 뿐이었다. 마치 언제 한번 일광욕이나 하자는 인사처럼 말이다. 어쩌면 그의 논터널링이라는 정체성이 나로 하여금 더 그의 말을 흘려듣게 했을지도 모를 일이지만, 아닌 게 아니라 용돈을 벌기 위해 피실험자를 자처하는 학생들처럼 관리자가 시키는 대로 문에 몸을 부딪힐 뿐인 사람이 자신이 머물고 있는 복지시설보다 더 좋은 곳을 만들겠다는 말을 진지하게 받아들이기란 여간 어려운 일이 아닐 것이다. 적어도 나에게는 어려웠다.

그래서 어느 날 불쑥 내 눈앞에 나타난 지그가 자기가 만든 마을에 초대했을 때 나는 아무 말도 할 수 없었다.

지그가 날 찾아내기란 사실 어려운 일은 아니었다. 내 입으로 말하긴 뭐하지만 그 당시 내가 워낙 유명했기 때문이다. 유명해지지 않을 도리가 없는 수식어들이 날 선물 포장처럼 에워싸 사람들에게 전시하고 있었다. 물론 그 당시의 나로서는 그에 대해 알지 못했다. 그야말로 하루하루 연명하기 바빴다.

논터널링은 그 특성상 자연 상태에서 에너지 흡수를 할 수 없는데 저에너지 장벽을 통과하지 못하는 이유와 맥을 같이한다. 결국 논터널링은 지속적인 방전 끝에 에너지 소진으로 이른 나이에 세상을 떠나게 되는 것이다. 나 또한 상황이 다르지 않았다. 현재로서는 논터널링의 유일한 치료 방법이라고 알려져 있는 에너지 주입 처치를 하루 세 번씩 받으며 말 그대로 목숨을 연명하는 게 최선이지만 말로 형용하기 어려운 극심한 고통이 뒤따른다. 이마저도 나처럼 국가의 지원을 받는 경우가 아니라면 개인이 감당할 수 없는 비용이 드는 일이다.

에너지 주입 처치를 받아본 사람 역시 많지는 않을 텐데, 설혹 받아봤더라도 필시 논터널링이 느끼는 고통까지는 겪어보지 못했을 것이 분명하다. 내가 논터널링이 되기 전에 에너지 주입 처치를 수차례 받아봤기에 장담할 수 있다. 나는 논터널링이 되기 전부터 에너지 약소증으로 적지 않은 고생을 했다. 대표적인 사례로 저에너지 장벽을 빈번하게 통과하지 못했다. 그 덕분에 주변 사람들에게 소소한 재미를 선사하기는 했지만, 예기치 못하게 저에너지 장벽이 아닌 진짜 장벽에 부딪혀 큰 위험에 처할 뻔했던 적도 한두 번이 아니었다.

단순히 불편함을 느끼는 수준에서 끝나는 것이 아니었다. 나의 남은 인생과도 직접적인 관련이 있었다. 도이와 하루라도 더 여유로운 시간을 보낼 수 있다면 좋지 않겠는가? 그래서 받게 된 에너지 주입 처치는, 뭐랄까, 일광욕을 받는데 그 강도가 다섯 배쯤 강력하달까? 이것만으로도 퍽 견디기 어려운 일임은 분명하다. 하지만 논터널링의 경우에 비하면 찜질 수준이다. 논터널링으로서 느끼는 에너지 주입의 강도는 아무리 보수적으로 잡아도 일광욕의 50배다. 상상이 될는지는 솔직히 모르겠다.

아무튼, 고문과도 같은 에너지 주입 처치를 받고 나면 그다음 처치를 받아야 하는 시간이 거의 다 돼서야 겨우 정신을 차릴 수 있는데, 그마저도 부작용에 따른 고통에 시달리는 건 말할 것도 없고 제대로 흡수되지

않은 에너지가 나의 의지와는 무관하게
방사되곤 하는 탓에, 의료진과 도이에게
민망하기 짝이 없는 꼴을 노출하기 일쑤였다.
아마 나의 무던한 성격이 아니었다면
이쯤에서 그만 끝내려 하지 않았을까 싶다.

특히 나로서는 정신을 혼미하게 하는
극심한 허기가 가장 시급한 문제였다. 자연
상태에서 에너지를 얻을 수 없어 강제로
에너지를 주입해 넣는데도 거의 그대로가
방사돼버리는 바람에 나는 늘 허기졌다.
심지어는 꿈에서도 허기에 시달렸는데,
그러다 도이를 향해 이를 드러내곤 했다.
처음에는 그것이 성적인 의미인 줄만 알았다.
내가 논터널링이 된 뒤로 도이와 나는
물리적으로 교합이 불가능했기 때문이었다.
이것이 구체적으로 어떤 상황인지에 호기심을
드러내기를 주저하지 않는 사람들이 생각보다

많아서 조금 설명해보자면, 지금 당장 벽을
대상으로 에너지 교합을 시도해보기를
권한다. 바로 이해할 것이다.

　　도이를 무는 꿈을 꾸다 깨어나면 나는
도이의 숨소리를 들으며 곰곰이 생각에
잠기기 일쑤였다. 어차피 남은 시간이 그리
많지는 않지만 그렇다고 이렇게 날려버려도
될 만큼은 분명 아니었다. 이대로 그냥
이곳에서 도이에게 의지한 채 삶을 연명하는
것에 과연 의미가 있을까. 정말 방법이
이것뿐일까. 그러다 설핏 잠이 들면 나는 또
도이를 향해 이를 드러냈다. 어느 밤에는
불현듯 떠오른 고대 소설 속 괴물에 흠칫
놀라기도 했다. 그것은 '좀비'라는 가상의
생물체로, 인간으로서의 지성과 이성을
모두 잃고 오직 식욕만을 지닌 무시무시한
괴물이다. 내가 꿈에서 도이를 향해 느낀

갈망은 다름 아닌 그 괴물의 것과 같았다.
나는 좀 무서웠다.

그리고 실제로 무척이나 충격적인 일이
발생했다. 사실 제대로 기억하고 있지는
않은데, 나날이 떨어져만 가는 에너지 탓에
인지능력마저 온전치 못한 형편이었기
때문이다.

도이의 증언에 따르면, 내가 화단에서
웅크린 채 꽃이며 나뭇잎을 입에 넣고
우물거리고 있었다고 한다. 실로 충격적인
일이 아닐 수 없다. 도이는 경악을 금치
못했지만 어떻게든 이성을 차리고 나를
화단에서 빼냈다. 그즈음 도이는 나를
간병하기 위해 맞춤형 감옥에서 거의
살다시피 하고 있었기에 가능한 일이었다.
또, 내가 체력적으로 많이 약해진 상태였기
때문에 고대의 괴물처럼 위험한 행동을 할

수도 없었다. 오히려 나는 그 자리에서 혼절해 병실까지 옮겨졌다. 한참이 지나서야 깨어난 나는 뜻밖에도 생기를 되찾아 모처럼 기분이 좋았다. 그래서 뭣도 모르고 도이를 향해 농을 던졌다.

"산책이나 할까? 드디어 치료의 효과가 나타나는 것 같아. 도이? 꼴이 왜 그래? 죽어가는 건 난데."

도이는 버럭 소리를 지르고는 맞춤형 감옥을 벗어 던지고 사라져버렸다. 나는 영문을 모르고 멀뚱히 있다가, 그래도 모처럼 돌아온 생기가 아까워 병실 밖으로 나갔다. 그리고 투명한 사람들에게 나의 존재를 알리며 한참을 나아갔다. 그런 나를 누군가가 불렀다.

"이더!"

"누구…… 지그?"

맞춤형 감옥을 입지 않고도 내가 볼
수 있는 사람은 달리 없었기 때문에 그
이름을 떠올린 것이기는 했지만, 정말이지
터무니없는 생각이었다. 왜냐하면 지그는
논터널링이고 논터널링은 터널링에 비해
평균 기대 수명이 턱없이 짧기 때문이었다.
그게 아니더라도 내 앞의 사람은 내 기억 속
지그와는 너무 달랐다. 그는 눈가에 주름이
잡히게 웃으며 고개를 끄덕였는데, 그 새된
목소리가 말해주고 있었다. 그가 지그가
맞다는 것을. 그러한 깨달음은 황홀함마저
느끼게 해주었고, 뒤이어 지그가 한 말을 들은
나는 왈칵 눈물을 쏟고 말았다.

"잊지 않았죠? 내가 만든 좋은 곳에
초대할게요, 이더."

지그의 초대는 단순한 초대가 아니었다.

지그는 자신이 만든 터전에서 함께 살아갈 사람을 필요로 했다. 그 말을 듣고 놀라움을 감추지 못했는데, 그때까지도 나는 우리가 사는 세상에 논터널링이 얼마나 많은지 모르고 있었다. 또한, 지그가 정말로 해냈다는 사실도 놀랍기 그지없었다. 그는 논터널링으로서 논터널링만을 위한 삶의 터전을 설계하는 일에 모든 것을 내던졌다. 쉽지는 않았지만 끝끝내 작은 규모의 마을을 만드는 데 성공했던 것이다. 그 과정은 놀라움을 넘어 외경심마저 들게 할 정도인데, 필시 많은 연구자들이 탐을 낼 만한 이야기이다. 지그는 나더러 자신의 이야기를 마음껏 발표해도 좋다고 했지만, 내 생각에 그 얘기를 할 수 있는 사람은 오직 지그뿐이다.

　　지그와의 대화 이후 나는 복잡한 심경으로 병실로 돌아갔다. 도이가 감옥

속에서 나를 기다리고 있었다.

"혼자 막 돌아다니면 어떡해! 놀랐잖아."

"미안. 근데 도이, 내가 누굴 만났는지
알아?"

내 말에 도이가 보였던 반응에 나는
조금 상처받았다. 도이는 내가 감옥 속에
있는 자신을 제외한 다른 누군가를 만났다는
이야기를 있는 그대로 듣지 않았다. 내가 다름
아닌 논터널링이기 때문이었다. 사실 도이의
그러한 일종의 편견에 아주 근거가 없다고도
할 수 없는 게, 그곳에서 나는 유일한
논터널링일 뿐만 아니라 실질적으로 외톨이나
마찬가지였다. 그럼에도 나로서는 내가 또
허튼소리나 하는 거라 여기는 도이에게
서운한 마음을 가지지 않을 수 없었다. 도이는
나를 침상에 누이고는 말했다.

"므나가 오늘은 치료 건너뛰어도 좋대."

"내 말 안 믿는구나."

"나 같은 사람이 여기 또 있다고? 누군데?
나도 만나보고 싶은데?"

"그 사람, 논터널링이야."

도이가 움찔하더니 한 걸음 물러났다.

"확실해?"

"나 제정신이야."

"그런 말이 아니잖아. 논터널링이 길
가다가 마주칠 만큼 흔하지 않으니까……. 왜
이렇게 예민하게 굴어? 힘들면 눈 좀 붙여."

나는 안간힘을 써 일어나 앉았다.

"이더!"

"논터널링들이 사는 곳이 있어. 거기 와서
살아보지 않겠내."

"돌 같은 새끼들, 사기 칠 사람이 없어서!
도대체 병원 관리를 어떻게 하는 거야?"

도이는 잔뜩 화가 나서는 그대로

사라져버렸다. 그날 병원은 무척 소란스러웠다고 한다.

도이를 설득하는 데는 그리 오랜 시간이 걸리지 않았다. 정확히는 그럴 만한 시간도 힘도 우리에겐 없었다고 해야 할 것이다. 지그를 만났던 날 반짝하고 기운이 났던 나는 그 대가를 혹독히 치러야 했다. 의식불명 상태로 며칠을 보냈던 것이다. 므나와 도이는 그런 나에게 에너지 주입 처치를 하기로 합의했다. 잘된 일이었다. 그 고통을 느끼지 못했으니 말이다.

내가 다시 정신을 차리자 도이는 흐느낌으로 제대로 알아들을 수 없는 말을 했는데 대체로 이런 의미였다.

"가. 논터널링이 산다는 곳. 가자고!"

그래서 우리는 지그가 있는 곳으로 갔다.

❖

　가는 길도 순탄치는 않았다. 일단
이동 자체가 일반적이지 않았기 때문이다.
반복해서 말하는 느낌이 없잖아 있지만, 나는
일반적인 방식인 에너지 준위 변환 이동법,
바꿔 말해 터널링을 할 수 없는 논터널링이다.
그래서 이동하는 데 너무나 많은 시간과
에너지가 소진돼 자칫 길거리에서 유명을
달리할 수 있었다. 지그가 있는 곳까지 살아서
가기 위해서는 고대 인류가 탈것이라고
불렀던 물체를 타야만 했다. 다행히 지그는
논터널링을 위한 마을을 만들며 탈것 또한
제작해두었었고, 나와 오비탈 방호복을 입은
도이는 그것에 몸을 싣고 도시 외곽에 버려진
고대의 길을 통해 어찌어찌 지그의 마을까지
갈 수 있었다.

언론을 통해 몇 차례 소개되기는 했지만 여전히 많은 사람들에게는 그곳이 유토피아처럼 약간 공상적으로 느껴질 것이다. 고백하자면 그곳에 처음 가면서 도이는 물론 나 또한 그러한 생각을 했다. 실제로 본 마을은 의외로 평범해서 솔직히 말하면 김이 샜다. 혹시 잘못 찾아온 것은 아닌지 확인도 해보았다. 나중에야 이러한 반응이 얼마나 우스운지 깨닫고 한동안 고개를 들고 다닐 수가 없었다. 지금에서야 말하는 건데, 논터널링이 사는 곳이라고 어딘가 공상적인 구석이 있어야 할 필요는 없다.

그렇다고 완전히 똑같은 건 당연히 아닌데, 그랬다면 구태여 독립적인 공간을 만들 필요도 없었을 것이다. 불쾌한 얘기가 아닐 수 없지만 논터널링이 박해의 대상이 아니라면 말이다. 하지만 그럴 이유가 무엇이 있겠는가. 나로서는 떠올릴 수 없다.

그래서 어느 지점이 달랐냐면, 터널링과 연관된 모든 것이 달랐다. 우선 '문'이 있었다. 저에너지 장벽이 아닌 논터널링을 위한 문 말이다.

그리고 아마도 이 점이 터널링 입장에서는 가장 낯설 텐데, 식당이라고 하는 에너지 보급소가 갖춰져 있어 허기를 느끼는 자라면 누구나 그곳에서 에너지를 보충할 수 있었다. 처음 그곳을 안내받던 우리는 자리를 잡고 '식사' 중인 논터널링을 목격했는데, 그들이 뭔가를 입에다 넣고 우물거리는 것을 보고 도이는 거의 줄행랑을 쳤다. 입이라는 것은 사실 학계에서도 어느 정도 손을 놓은 쓸모없는 기관이다. 그런 기관을 통해 에너지를 보충하는 모습은 분명 기이하게

느껴졌다. 내가 화단의 풀과 꽃을 입에다 넣고
우물거렸다는 얘기가 생각난 나는 지그에게
체험해보고 싶다는 뜻을 밝혔지만, 그는
훈련이 필요한 일이라면서 나를 다른 곳으로
안내했다.

또한, 그곳은 사생활 보호에 조금
더 철저한 편이었다. 논터널링은 언제나
오비탈이 1에 수렴하는 상태라 멀리서 봐도
완전한 형태로 보이기 때문에 사생활 보호에
신경을 쓰지 않을 도리가 없다. 그 때문에
대체로 벽이나 가림막이 많은 편이었지만,
일반적인 주거지에 비해 특별히 과하지도
않았다. 대체로 거기서 거기였다. 다 사람
사는 곳이니까 말이다.

다만, 처음 그곳에 발을 들인 나로서는
낯선 기분에 휩싸여 겉돌게 되었는데,
막상 눈앞에 논터널링들이 수없이 많은

것을 보면서 왠지 모르게 착잡한 마음이 들었다. 이들은 그동안 어디에서 무엇을 하고 있었을까. 아직 이곳의 존재를 모르는 논터널링은 어떻게 살고 있을까. 한편으로는 이런 생각도 들었다. 아, 이제 나도 영락없이 논터널링이 되었구나. 솔직한 심정이었다. 당사자인 내가 이럴진대, 도이가 과연 어떤 폭풍 속에 있었을지 나로서는 감히 짐작할 수 없다. 한번은 그에 대해 물어본 적이 있었다. 긁어 부스럼이었지만 그렇다고 마냥 모른 척할 수도 없는 노릇이었다. 도이는 말했다.

"나는 잘 모르겠어. 네가 여기 와서 좋아진 건 사실이야. 하지만 이 정도는 병원에서도 할 수 있는 일이야."

"병원은 싫어."

"그럼 집에서 하면 되잖아. 우리 집에서. 통원 치료 받기도 좋고. 여기 모여서 비슷한 처지의 사람들끼리 얼굴 맞대고 자학적인 농담 따먹기 해서 얻는 게 뭔데? 불행한 삶을 사는 게 나만이 아니라는 위로? 이더, 넌 치료를 받아야 해! 나아야 해! 돌아와야 한다고, 이전의 우리로!"

나는 할 말이 없었다. 화가 난다든가 서운하다든가 따위의 이유 때문이 아니었다. 도이의 말과 행동이, 감정이 틀리지 않아서였다. 적어도 도이의 입장에서는, 도이가 옳았다. 내가 마치 새로 태어나기라도 한 듯 철없이 들떠서 논터널링들과 웃고 떠드는 동안, 도이는 철저하게 혼자였다. 그렇다고 근본적으로 달라져버린 내가 도이를 위한답시고 내게 있어 이제는 옳지 않은 길을 계속해서 나아간다면 그것은 잘해봐야 우리 모두를 기만하는 행위에 불과할 터였다.

몇 날 며칠을 이것에 대해 이야기했지만,

결국 우리는 우리의 입장 차가 물리적으로 좁힐 수 있는 것이 아님에 최종 합의할 수밖에 없었다.

무엇보다 도이가 더는 내 곁에 머무는 것이 불가능해졌다. 특별한 이유가 있는 것은 아니었다. 우리가 자연의 섭리라고 믿고 있는 것, 즉 노화에 따른 에너지 약소 때문이었다. 도이는 마치 그동안 나를 위해 필사적으로 에너지를 가둬두고 있다가 마침내 풀어버린 듯 순식간에 쇠약해져버렸다. 내가 지그의 마을에서 더는 도이의 도움을 필요로 하지 않았기 때문일까.

도이는 내가 있던 병원에 입원했다. 므나의 말로는 시간이 얼마 남지 않았다고 했다. 감옥을 입지 않아 보이지도 않는 도이의 곁에서 나는 그저 있을 뿐이었다. 한순간에 뒤바뀐 우리의 상황이 우습기 그지없었다.

지난하기 짝이 없는 나날이 흘렀다. 어느 날, 도이의 곁에서 내 몫의 음식을 섭취하던 나는 불현듯 떠오른 생각에 속이 뒤집히는 듯했다. 나는 왜 여태껏 팔팔한가? 분명 나는 도이보다 늦게 탄생했다. 하지만 기본적으로 허약한 체질의 내가 지금은 그 어느 때보다도 생기가 넘치지 않나? 게다가 난 터널링에 비해 단명할 수밖에 없는 논터널링인데. 심지어 지그도 여전히 활기차게 살고 있다! 시선이 내 손에 들린 음식에 닿자 온몸에 전율이 번졌다. 나는 병실을 박차고 나가 아무도 보이지 않는 복도에서 새된 비명을 질렀다.

"므나! 므나!"

나는 지칠 줄 모르고 므나를 부르짖었다. 마침내 맞춤형 감옥을 입고 헐레벌떡 뛰어온 므나가 외쳤다.

"왜? 도이한테 무슨 일 있어?"

나는 병실로 뛰어 들어가려는 므나를 붙들고 말했다.

"이거 벗어."

여러 사람의 도움으로 감옥을 입는 데 성공한 도이를 부축해 병실을 나가려는 내게 므나의 목소리가 들렸다.

"할 수 있는 모든 걸 해보겠다는 마음은 이해하지만 너무 위험해. 안정을 유지해도 하루 이틀 더 살 수 있을지 장담할 수 없는데 이 꼴을 하고 대체 뭘 하겠다는 건데?"

"삶."

나는 그 어느 때보다 기운차게 도이를 데리고 밖으로 나갔다. 때마침 내 연락을 받고 달려온 지그의 탈것에 도이를 실었다. 지그는 걱정스러운 표정을 지으면서도 별다른 말은 하지 않았다. 그 침묵이 꼭 필요한 시점이었다.

역시나 내 부탁을 받고 지그가 챙겨온 음식을 들고 나는 도이에게 말했다.

"이건 실험이야, 도이. 너는 내가 실험을 한다고 하면 그 어떤 해괴한 짓을 해도 웃으며 눈감아줬지. 그러니까 입을 열어."

도이는 제 의지로 그러는 건지 그저 입을 제어할 수조차 없는 건지 입을 벌렸다. 나는 음식을 입 안에 넣어주었다.

"씹어, 도이. 제발."

도이의 입이 움직였다. 아주 천천히 도이는 음식을 먹었다. 많이는 먹지 못했고, 이내 의식을 잃었지만, 숨은 비교적 골랐다. 도이 곁에서 덩달아 나와 지그도 숨만 겨우 쉬며 있었다.

얼마나 그러고 있었을까. 도이가 먹다

남긴 음식을 어쩌지 못하고 있다가 그냥 내 입으로 넣으려는데 도이가 들릴 듯 말 듯한 소리로 이렇게 말했다.

"이 실험, 성공이야."

아직 훈련이 되어 있지 않은 도이의 에너지 방사는 부차적인 문제였다. 확연하게 기운을 되찾아가는 도이와 나는 지그의 마을에 임시 연구실을 차리고 음식과 에너지 그리고 터널링과 수명에 관한 연구를 시작했다. 물론 틈틈이 음식을 섭취하면서 말이다. 도이는 회복을 넘어 강화되는 것처럼 보였는데, 본인은 그것을 부끄러워했다. 그러면서 화제를 돌리려는 듯 매우 급진적인 가설을 내놓았다.

우리가 지금의 평균 수명밖에 살지 못하는 원인이 다름 아닌 지속적인 에너지 장벽 통과에 따른 만성적인 에너지 약소증 때문이라는 것이다.

그 말을 들은 나는 물론이고 지그도 놀라움을 감추지 못했다. 왜 안 그렇겠는가. 우리가 일상적으로 사용하는 저에너지 장벽이 우리를 더 오래 살지 못하게 한다는 말이 아닌가. 그게 다가 아니다. 세상에는 우리가 인지하지도 못하는 미소 에너지 장벽들이 그야말로 대기처럼 들어차 있다. 그 말은 곧 우리가 사는 세상 자체가 우리의 수명에 음의 영향을 끼친다는 것을 의미한다.

충격적인 사실은 비단 그뿐만이 아니었다. 그동안 우리는 논터널링이 터널링에 비해 단명한다고 알고 있었다. 도이의 가설에 따르면 그것은 완벽하게 잘못된 생각이었다. 오히려 그 반대였다. 즉, 논터널링의 잠재적인 평균 수명이 터널링의 열 배는 되는 것이다!

여기서 '잠재적'이라는 표현을 쓴 이유는
실제로 논터널링이 터널링의 수명의 열
배가 되는 시간을 살기 위해서는 지그가
고안한 에너지 보급소에서 틈틈이 에너지를
보충해주어야 하기 때문이다. 안타깝게도
그러한 설비는 일반적으로 논터널링을
위해 마련된 복지시설에는 갖춰져 있지
않다. 그런 곳에서도 최소한의 에너지를
보급하기는 하지만 그 정도로는 고작해야
찰나의 순간이 허락될 뿐이다. 이것을 다소
과격하게 얘기하면 다음과 같이 말할 수
있다. 터널링이 논터널링을 굶겨 죽이고
있다. 그것도 '치료'라는 미명하에. 실제로
우리 사회 외곽에서 복지시설에 머물며 제
수명의 100분의 1에도 못 미치는 삶을 살다
목숨을 잃는 논터널링들이 존재한다는 사실을
고려하면 그리 과격한 표현도 아니지 싶다.

또한 우리는 우리의 가설을 논리적으로 확장해간 끝에 또 하나의 믿기 어려운 추측을 하게 되었는데, 어찌 보면 그것은 처음부터 자명한 사실에 불과했을지도 모른다. 우리의 추측에 따르면 고대 인류 역시 우리의 열 배는 되는 수명을 가지고 있었던 것으로 여겨진다. 그리고 그러한 가정을 기반으로 다시 측정한 그들의 역사는 그 단위가 가히 천문학적인 수준이었다. 만약 우리의 추측이 사실이라면 고대 인류의 양자역학에 대한 이해가 얼마만큼의 시간이 쌓여 이룩된 성과인지를 헤아려볼 수 있는데 그것은 실로 경이 그 자체가 아닐 수 없다. 여기에서 한층 더 들어가면 다소 두렵기까지 한 결론에 이르게 된다.

고대 인류가 정말로 우리의 조상인가? 그리고 우리, 그러니까 터널링은 고대

인류로부터 파생된 돌연변이인가? 섣불리
확답할 수는 없는 질문이다.

아무튼, 우리는 그야말로 전율하며 우리의
주장을 정리했다. 그리고 그것을 세상에
공개했다. 초응축 사고 관계자가 직접 썼다는
사실이 이목을 집중시키는 데 무시 못 할
도움이 됐다. 지금 우리는 세상의 피드백을
검토하며 우리의 가설을 다듬고 있다.

감옥 신세를 면치 못하고 있는 도이와
나는 곧잘 이런 이야기를 주고받는다. 우리가
발견한 것으로 세상은 어떻게 달라지게
될까? 가령, 우리의 가설대로 도이가 입고
있는 감옥, 아니 오비탈 방호복을 입음으로써
수명을 획기적으로 연장할 수 있다면, 세상은
어떤 식으로든 지금과는 완전히 달라질
수밖에 없을 것이다. 나는 말한다.

"본디 지금과는 다른 세상의 일을

그려보는 사람들을 소설가라고 하지. 특히 고대에는 미래를 상상하길 좋아하는 사람들이 많았는데, 우리는 그들이 써놓은 대로 하면 돼."

"뭐라고 쓰여 있는데?"

"입을 통해 음식을 섭취하고 몸은 직조물로 가리는 거야. 그러다가 밤이 되면 반려자와 함께 사랑을 나누지. 실험해볼래?"

단언컨대, 생애 최고의 실험이 아닐 수 없는 그것은 애석하게도 현재 진행형인데 고대 인류의 이동과 마찬가지로 언젠가 글로 정리해볼 예정이니 혹시 관심이 있는 사람은 참고 바란다.

다소 급작스런 감이 없잖아 있으나 나의 이야기를 이만 줄이겠다. 말이 나온 김에 우리의 실험을 이어가야 하기 때문이다.

작가의 말

　　대부분의 사람들이 소설을 쓰는
사람한테 가장 궁금해할 만한 것은 아마도
이것일 것이다. 대체 그런 이야기는 어떻게
떠올리는지. 실제로도 공식적으로 받게
되는 질문에 빠지지 않고 포함되는 그러한
궁금증은 사실 곤혹스러움을 안겨줄 때가
왕왕 있다. 언어로 결정화할 만큼 구체적이고
명확하지 않은 경우가 많기 때문이다. 모르긴
몰라도 베르나르 베르베르 같은 작가가 아닌
이상 대체로 난처해하지 않을까.

그렇기는 해도 가끔은 모범 답안 같은 비화를 가지고 있는 경우가 있는데 나에게는 바로《논터널링》이 그렇다.

이 소설이 처음 발아한 건 꽤나 오래된 일이다. 이 소설의 단행본 출간이 예정된 시점으로부터 2년 전, 보다 정확히는 20개월 전인 22년 여름이었다. 장애 문학을 고민하는 매체에 싣기 위한 짧은 소설을 청탁받은 나는 우선 장애 문학이 구체적으로 무엇인지를 알아야 했기에 인터넷에 '장애 문학'을 검색해보았다. 설마 작중에 장애인 인물이 등장한다고 그것이 장애 문학이 될 리는 없기 때문이다. 그렇게 발견한 한 논문에 인용된 대목을 보고 나는 이거다 싶었다.

경인교육대학교의 우충완 외래교수가 쓴 〈문학적 장애재현과 담론의 한계와 가능성 - 장애학적 관점에서 고정욱의 장편 동화

다시-읽기〉란 논문에서 그는 제목 그대로
동화를 장애학적으로 다시 들여다본다.
그리고 그 과정에서 다음과 같은 개념을
소개한다. 바로 여성장애학(feminist disability
studies)의 대표 학자인 로즈메리 갈런드
톰슨(Rosemarie Garland Thomson)이 제시한
미스핏(misfit)이라는 개념이다. "톰슨에
따르면 미스핏은 물질적 배치로서 장애와
환경이 상호 불일치될 때 일어난다고 한다. 즉
미스핏은 물리적, 심리적 환경이 특정 유형의
몸 형태와 기능을 제대로 뒷받침하지 못할
때, 발생한다는 것이다." 그 전형적인 예로서,
"엘리베이터가 없는 건물(지체장애), 자막이나
수어 통역이 없는 방송(청각장애), 교사의
비장애 중심적 태도와 실천(전 장애) 등"이
거론되는데 이해가 어렵지는 않다.
　　"이와 반대로 톰슨은 '핏'(fit)이 보통 또는

평균으로 상정된 몸(normate)에 부합되는 적절하고 바람직한 환경 조건이 제공될 때 발생한다고 설명한다. 또한, 핏은 특정 개인과 집단이 외부 세계에 영향 또는 방해받지 않고 시각적 익명성을 유지하며 생활할 수 있도록 돕는다."•

장애 당사자인 내 입장에서 위의 대목은 그야말로 인생의 답안처럼 느껴지기도 했다. 아닌 게 아니라 나는 어렸을 때부터 익명성을 박탈당한 채 살아왔기 때문이다. 수동 휠체어를 타고 학교생활을 하는 나는 모든 학생과 교사 들에게 '아는' 아이였다. 새 학기를 맞아 새로운 관계를 형성하기 위해 애써야 하는 나와는 달리 애들은 날 알고

• 우충완, 〈문학적 장애재현과 담론의 한계와 가능성 - 장애학적 관점에서 고정욱의 장편 동화 다시-읽기〉, 《동화와 번역》 제37호, 건국대학교 동화와번역연구소, 2019.

있었다. 그게 어린 마음에는 좀 치사하다고
생각됐다. 그뿐만이 아니었다. 어쩌다가
전동 휠체어를 타고 동네를 돌아다니면 동네
사람들 또한 모두 날 알았다. 나는 꾀병으로
학교에 가지 않고 피시방에 가는 일 같은
게 물리적으로 불가능했다. 심지어는 나도
모르는 사이에 어딘가를 갔다 오는 일도
벌어지곤 했는데, 같은 동네에 사는 또 다른
전동 휠체어를 타는 아이와 나를 혼동했기
때문이었다(아니면 그냥 구별을 하지 않았을
수도 있다). 이러한 경험들이 비로소 설명되는
순간은 그 자체로 경이감을 자아내지만,
그보다도 나는 SF 소설의 소재로서 위의
대목을 눈여겨보게 되었던 것이다.

　　나는 평소에도 주제넘게 양자역학을
소설의 소재로 곧잘 삼고는 했기에
자연스럽게 양자적 특성 중 익명성과 연관

지어볼 만한 것을 떠올릴 수 있었다. 나는 생각했다. "마치 미시 세계의 양자처럼, 투명 인간처럼 생활할 수 있다면? 보통 장애인 등의 소수자를 '투명 인간'에 비유하는 것과는 대조적이다. 재밌는 아이디어 같다."

양자는 흔히 알려진 것처럼 확률적으로 존재하는데 심지어 우리가 벽이라고 여기는 물질의 너머에 존재할 확률도 없지는 않다. 그래서 이론적으로는 양자가 벽을 관통하는 것이 가능하다. 할리우드식으로 말하면, 양자가 벽 너머에 존재하는 우주가 어딘가에 있다고도 할 수 있는 것이다. 그러한 양자의 성질을 양자 터널링이라고 하는데, 나는 아예 이러한 성질을 기본적인 특성으로 하는 생물 종을 상정하고 그들에게 맞춰진 사회를 상상해보았다. 그리고 그 속에 '논터널링'을 떨어뜨려보았더니 이 소설이 탄생했다.

늘 그렇지만 당초 계획보다 분량이 넘치는 바람에 청탁받은 곳에 보내기 위한 더 짧은 소설을 써야 했고, 이 소설은 상대적으로 분량 제한에서 자유로운 위픽에 내게 됐다. 결과적으로 좋은 선택이었다고 생각한다.

작품의 초고부터 보고 귀중한 피드백을 준 동료 작가분들과 그린북 에이전시의 매니저님께 감사드린다. 그리고 작품을 공동 작업 하듯 꼼꼼하고 세심하게 임해준 위즈덤하우스의 이은정 편집자님께도 깊은 감사를 표한다. 모두의 도움으로 전보다 나은 상태로 여러분께 보일 수 있어 다행이고 감사하다. 물론 이 글을 읽는 여러분께도 무한한 감사의 마음을 전한다.

2024년 1월

최의택

- 46

논터널링

초판 1쇄 인쇄 2024년 2월 1일
초판 1쇄 발행 2024년 2월 21일

지은이 최의택
펴낸이 이승현

출판2 본부장 박태근
스토리 독자 팀장 김소연
편집 곽선희 김해지 이은정 조은혜
디자인 이세호

펴낸곳 ㈜위즈덤하우스   **출판등록** 2000년 5월 23일 제13-1071호
주소 서울특별시 마포구 양화로 19 합정오피스빌딩 17층
전화 02) 2179-5600   **홈페이지** www.wisdomhouse.co.kr

ⓒ 최의택, 2024

ISBN 979-11-6812-747-0 04810
　　　979-11-6812-700-5 (세트)

값 13,000원

· 이 책의 전부 또는 일부 내용을 재사용하려면 반드시 사전에
　저작권자와 ㈜위즈덤하우스의 동의를 받아야 합니다.
· 인쇄·제작 및 유통상의 파본 도서는 구입하신 서점에서 바꿔드립니다.

한 조각의 문학, 위픽 (wefic)